ブルちゃんは二十五ばんめの友だち

作●最上一平　　絵●青山友美

新日本出版社

1――おしりを　ふりふり

　どしゃぶりの中《なか》を、みんなは　登校《とうこう》してきた。りりが　校門《こうもん》を　入《はい》ったとき、たけしも　走《はし》って　登校《とうこう》してきた。
　りりは　ギョッとした。たけしは　かさを　ささずに、ずぶぬれだった。かさを　わすれたのだろうかと、りりは　思《おも》ったが、かさは　ランドセルの　わきに　ひっかけてあった。

かみの毛《け》は　べっちゃり　頭《あたま》に　くっついていて、顔中《かおじゅう》に
雨《あま》つぶが　あたり、あごから　ボトボト　しずくが　たれてい
た。シャツも　ズボンも　ぐっしょり。
——どうして、かさを　ささないの？
りりは、心《こころ》の中《なか》で　しつもんしたが、声《こえ》にはならなかった。
あまりに、たけしの　顔《かお》が　しんけんだったからかもしれない。
びっくりしている　りりの　前《まえ》を、たけしは　両手《りょうて》を　むね
の　前《まえ》で、おわんのように　あわせたまま、走《はし》りぬけた。
——なんで？
雨水《あまみず》を　ためているのだろうか。

うしろすがたを　見《み》ると、たけしは、あひるのように、おしりを　ふりながら　走《はし》っていく。両《りょう》手《て》を　あわせているから、そんな　走《はし》り方《かた》になるようだ。おしっこを　がまんして　走《はし》っているようでもあった。

たけしを　見《み》ていたら、りりも　しらずしらず　あとを　おって　走《はし》ってしまった。ちょっとだけ　まねをして、おしりをふりふり　うごかしてみた。

たけしは　りりの　家《いえ》の　近所《きんじょ》に　すんでいる。ようちえんも　いっしょだった。おかあさんどうしも　友《とも》だちだったので、お店《みせ》で　いっしょに　お昼《ひる》ごはんを　食《た》べたこともあった。

一週間《いっしゅうかん》ぐらい前《まえ》、たけしは　名字《みょうじ》が　かわった。今《いま》までよしのたけしだったけれど、かざまたけしになった。たけしのおとうさんと　おかあさんは　りこんして、おかあさんが　けっこんする前《まえ》の　名字《みょうじ》になったのだと　いう。

おとうさんは　家《いえ》を　でていき、おかあさんと　ふたりで
くらしている。よしのくんから　かざまくんになったけれど、
たけしは　たけし。ちっとも　かわっていない。
きのう　公園《こうえん》で　たけしは、ピカピカの　自転車《じてんしゃ》を　のりま
わしていた。
ビュンビュン　走《はし》ったり、急《きゅう》ブレーキを　かけて、ザザッと、
うしろタイヤを　すべらせたりして　あそんでいた。
りりは　おかあさんの　はなしを　思《おも》いだした。たけしくん
の　おとうさんが　さいごに　自転車《じてんしゃ》を　かって　おいていっ
たそうよ、と　いったことを。

カッコいい　赤《あか》い　自転車《じてんしゃ》だった。たけしは、のりごこちをたしかめるように、走《はし》りまわったり、タイヤを　すべらせたりしていたのだ。

げたばこの　ところで、りりは　たけしに　おいついた。けれど、「おはよう」と　いおうかな、と　まよっているうちに、たけしは　また　教室《きょうしつ》のほうに　走《はし》りだした。やっぱり　両手《りょうて》を　おわんのように　あわせている。だいじそうに　なにかを　もっているようだ。

――もう、なんなのよ！

りりは　人《ひと》と　はなしをするのが　にがてだ。でも、ことば

は　心《こころ》の中《なか》に　ある。今《いま》だって、もう少《すこ》しだけ、たけしが　まっていたら、あいさつだってできたのだ。しかたなく、りりはたけしの　あとを　おいかけた。

ろうかには、たけしの　のこした　雨《あめ》の　しずくが、てんてんと　つづいている。

一年生《いちねんせい》の　教室《きょうしつ》では、たけしの　ずぶぬれの　すがたにおどろいて、みんなは　いっしゅん　身《み》を　ひいていた。かみの毛《け》や　あごや、うでからも、ポタポタ　しずくが　おちていた。けれど、たけしは、ぶきみに　ほほえんでいるようだった。だんだん、みんなが　あつまってきた。

「どうしたの？」

「だいじょうぶ？　ビッチョビチョじゃない」

「なんで、こんな日《ひ》に、かさ　ささなかったの」

「ようかいズブヌレ？」

と　いったのは、おちょうしものの　かんじろうだった。

りりも、みんなの　あいだから　わりこんで、たけしを　見《み》た。

だれかが、「手《て》に　なに　もってるの？」と　しつもんした。

そこで　たけしは、ほんとうに　ようかいか　なにかのように、ずぶぬれの　顔《かお》のまま　にやりと　わらった。ふとい　ま

ゆげと、口《くち》の　両《りょう》わきが　ぐっと　あがり、目玉《めだま》は　カッとい
うかんじに　ひらく。
どうです！　と　いう　顔《かお》だ。そして、つぼみのように　ふ
くらんだ　両《りょう》手《て》を、ぐっと　つきだして　見《み》せた。
りりも　たけしの　両《りょう》手《て》を　見《み》た。
「これ　ひろってきた」
たけしは、ゆっくりと　てのひらを　だいじそうに　ひらい
た。みんなは、じりじりと　たけしの　近《ちか》くに　よって、手《て》の
中《なか》を　ちゅうもくした。
「キャーッ！」

「ゲェッ！」

たけしの　まわりに　できた　わは、パチンと　はじけたように、とびちった。

「なんなの？」

「ひきがえるだよ」

たけしの　てのひらから　あらわれたのは、十《じっ》センチぐらいの　でっぷりとした　ひきがえるだった。黒《くろ》っぽい　おうど色《いろ》をしている。おなかの方《ほう》は、はい色《いろ》の　まだらになっているようだ。せなかには、たくさんの　いぼ。目《め》が　赤《あか》い。ふてきなつらがまえ。

「なんだよ　それ、ガマ？」
かんじろうが、つばを　ごくんと　のみこんで、ビビりなが
ら　いった。
「なんで　そんなの　学校《がっこう》に　ひろってきたんだよ」
ひきがえるは、たけしの　てのひらで、ふきげんそうな　顔《かお》
をしている。たけしが　たからものでも　見《み》るようにいった。
「それがさ、こいつ、『ラーメン・上《うえ》をむいて歩《ある》こう』の前《まえ》の、
道路《どうろ》を歩《ある》いていたんだよ。ひとりで」
「エエッ。なんで？　あんなとこ、池《いけ》も　川《かわ》も　ないよ。どこ
から　きたんだ？」

ひきがえるに　ビクビクしている　かんじろうが、おこったように　しつもんした。

「しらないよ。でも、あそこは　車《くるま》も　けっこう　とおるから、のろのろ　歩《ある》いてたら　ひかれちゃうよ。ひかれたら　ぺっちゃんこだよ」

「わかった。たすけたってこと？」

と、ちあきちゃんが　いうと、たけしは　コクッと　うなずいた。

2――せなかが　ブルブル

「それにしても、すごいね。わたし、ひきがえるなんて　はじめて　見《み》た」

と、ちあきちゃんが、かんじろうを　おしのけて、てのひらのひきがえるに　近《ちか》よった。

「わたしも。きもちわるいね。きもちわるくって、なんだかさわってみたくなっちゃう」
と　いったのは、まきちゃんだった。
まきちゃんも、かんじろうを　おしのけた。そして、人《ひと》さし
ゆびを　ピンと　のばして、おそるおそる、ひきがえるの　せ
なかあたりを　ちょっと　さわった。
「キャーッ！　さわっちゃったよ。わたし、せなかが　ブルブ
ルしちゃう。どうしよう！」
まきちゃんは、かんじろうを　つきとばして、ピョンピョン
はねだした。
「わたしも」

ちあきちゃんも、そろそろ　人《ひと》さしゆびを　のばして　タッチした。

「キャーッ！　さわっちゃった、さわっちゃった。ほんと、せなかが　ブルブル。きもちわるくて、きもちいい」

ちあきちゃんも　とびはねて、また　かんじろうを　つきとばした。

「かんじろうも　さわってみれば」

「おれ　いい。さわんなくても　いい」

かんじろうは、ヒエーッと　いう顔《かお》で　おじけづいた。クラスの　にんきもので、おちょうしものが　ビビッたので、もりあがってきた。

「だいじょうぶだよ。かみついたりしないよね。ちあきちゃん。せなかブルブルは　おもしろいよねー」

「うん。かんじろう、だいじょうぶだよ」

そういわれて、へっぴりごしの　かんじろうは、遠《とお》くからゆびを　のばしてきた。いきを　つめて、じわりじわりと　近《ちか》づいた。あと十《じっ》センチ。五《ご》センチ。というところで、ゆびはさっと　ひっこんでしまった。

「むり」

すると　女《おんな》の子《こ》たちが　つぎつぎに　タッチして、口《くち》ぐちに

なにかを　さけんで　とびはねた。

りりも　さわってみた。せなかが　ちょっとだけ　ブルブルした。りりが　さわったとき、ひきがえるは、ゆっくりと　目《め》を　つぶった。まばたきをしたようだった。せなかが　ブルブルしたのも、みんなが　いうように　おもしろかったが、まばたきの　ほうが　りりは　おどろいた。

なんだか　人間《にんげん》みたいだった。目《め》は　赤《あか》くて、するどくて、ちょっと　こわいけど、おなじ　生《い》きものなんだな、と　思《おも》った。すると、おとなしく、ちょこんと　すわっている　ひきがえるが、だんだん　かわいらしくなった。

だれかが　たんにんの　みなこ先生《せんせい》を　よんできた。みなこ先生《せんせい》も　ひきがえるには　びっくりした。たけしの　ずぶぬれにも。みんなは　口《くち》ぐちに、「ラーメン・上《うえ》をむいて歩《ある》こう」の　前《まえ》の　道路《どうろ》を　ひきがえるが　歩《ある》いていたことや、たけしが　たすけて、学校《がっこう》に　もってきたことを　おしえた。

「みなこ先生《せんせい》も、ひきがえるを　さわってみれば。せなかがブルブルして　おもしろいんだよ」

と、まきちゃんが　おしえた。

「そうなの？」

みなこ先生《せんせい》は、ひきがえるの　頭《あたま》を　つるんと　なでた。

「ひきがえるは どくを もっていると きいたことがあるわ」

「どく？」

「うん、だから、むやみに べたべた さわったりしないで。さわった 人《ひと》は 手《て》を あらいましょう」

ちょうど 黒板《こくばん》の かどに あった 水《すい》そうが からだった。

一《いっ》か月《げつ》ぐらい前《まえ》までは 金魚《きんぎょ》が いっぴき およいでいたが、死《し》んじゃったので、水《すい》そうは あきやになっていた。

とりあえず、ひきがえるは、水《すい》そうに 入《い》れられ、たけしは、運動着《うんどうぎ》に きがえさせられた。

一年生《いちねんせい》の クラスは 二十四人《にじゅうよにん》だ。

カエルずかん
ようこそ
ともだち
25ばん

ひきがえるは　一年生《いちねんせい》の　二十五《にじゅうご》ばんめの　友《とも》だちと　いうことになり、水《すい》そうでかうことになった。みんなの　友《とも》だちだから、みんなで　世話《せわ》をしようと　話《はな》し合《あ》った。図書室《としょしつ》からかりた『カエルずかん』や『カエルの飼《か》い方《かた》』の　本《ほん》で、ひきがえるのことを　研究《けんきゅう》した。

本《ほん》に　よると、ひきがえるは　十年《じゅうねん》も　生《い》きるらしい。それに、水《みず》は　口《くち》から　のまずに　おなかから　きゅうしゅうするのだそうだ。そして、「ラーメン・上《うえ》をむいて歩《ある》こう」の前《まえ》の　道路《どうろ》に　いたように、ひきがえるは、水辺《みずべ》でない　ところで、いつもは　せいかつしているらしいのだ。みなこ先生《せんせい》がいったように、ひきがえるは　どくを　もっていることが　わかった。手《て》で　さわることは　きんしと　きめた。
しらべて　わかったことは、みんなの前《まえ》で　はっぴょうした。水《すい》そうに　土《つち》を　入《い》れたり、草《くさ》の　はちうえや　石《いし》を　入《い》れたり、あさい　入《い》れものに　水《みず》も　入《い》れた。
みんなで　ひきがえるに　名《な》まえを　つけた。ガマちゃんとか、ピョンキチとか、イボッチとか、いろいろな　あんが　でた。ひきがえるが　やってきた　日《ひ》に　みんなで　タッチして、せなかが　ブルブルしたことから、名《な》まえは　ブルちゃんになった。

ブルちゃんの　一《いち》ばん　たいへんな　せわは、エサだった。ブルちゃんは、生《い》きた　エサじゃないと　食《た》べないと　本《ほん》にある。それで、エサになる　ダンゴムシや、アブラムシ、コオロギなどの　こんちゅうを　見《み》つけた　ひとは　とってくることになった。

かんじろうも、なれたようだ。かんじろうは、エサを　たくさん　とってきてくれる。

それから、なんといっても　ブルちゃんの　せわを　よくするのは、たけしだった。自分《じぶん》が　つれてきた　ブルちゃんだから、親《おや》のような　気《き》もちなのかもしれなかった。毎日《まいにち》　エサをとってくるし、ブルちゃんの　ことを　ジーッと　見《み》ている。時《とき》どきは、なにか　話《はな》しかけてもいるようだった。

りりも　ブルちゃんが　かわいくなって、虫《むし》めがねで　じっくりと　見《み》る。でも、生《い》きた　エサを　水《すい》そうに　入《い》れるのはいやだった。生《い》きた　ダンゴムシが　食《た》べられちゃうなんて、こわい。すごく　こわいんだけれど、りりは　その時《とき》を　見《み》てみたくて、しかたなかった。そして、見《み》た。

かんじろうが　とってきた　カメムシが、水《すい》そうの　中《なか》のつゆ草《くさ》の　葉《は》の上《うえ》に　いた。カメムシは　うごかない。ブルちゃんは、その前《まえ》で、がっちり　前足《まえあし》を　かまえていた。

カメムシを　じっと　見《み》ている。
ひょうじょうはないが、赤《あか》い　目《め》が　つめたく　光《ひか》っていた。
りりは　ブルちゃんが、カメムシを　食《た》べようとしているんじゃないかと　思《おも》って、胸《むね》が　ぎゅっと　しめつけられた。ブルちゃんは　うごかない。すると、つぎの　しゅんかん、口《くち》がパッと　うごき、気《き》が　つくと　カメムシの　はねが　ちょっとだけ　ブルちゃんの　口《くち》から　はみだしていた。
「あっ！」
なにも　見《み》えないぐらいの　はやさだった。ブルちゃんはしたを　ながく　のばし、カメムシを　つかまえると、そのま

ま　口《くち》に　ひきこんだのだ。
ブルちゃんは　まんぞくそうに　目《め》を　つぶって、ごっくんと　のみこんだようだった。ふたたび　目《め》を　あけたときには、なにも　なかったように　うごかず、おきもののようだ。
カメムシは　いま、食《た》べられて　死《し》んだんだ。りりは　ちょっと　ふしぎだった。カメムシの　体《からだ》は　食《た》べられて、ブルちゃんの　えいようになるのだろう。じゃあ、今《いま》まで　あったいのちは、どこに　いったのだろうか。ブルちゃんの　体《からだ》の中《なか》に、カメムシの　いのちも、ちゃんと　しまわれているのだろうか。ブルちゃんは　生《い》きているものしか　食《た》べないと　いう。

いままで　いくつの　いのちを　食《た》べたのか。これから、いくつのいのちを　食《た》べるのか。りりは　心《こころ》に　うかんだ　なぞを心《こころ》の中《なか》で　ブルちゃんに　きいてみた。

――ブルちゃん、たくさんの　いのちを　食《た》べたから、おもたくて、ゆっくりしか　うごけないんだね。たくさんの　いのちを　体《からだ》の中《なか》に　もっているから、光《ひか》っているの？

ブルちゃんは　なにも　いわない。いかつい　顔《かお》と、いかつい　体《からだ》を　しゃんと　おこして、むねを　はっているようにすわっていた。りりには、カメムシを　食《た》べた　ブルちゃんが、なんとなく　光《ひか》っているように　思《おも》えたのだった。

3——ブルちゃんの　たちば

ブルちゃんが　二十五《にじゅうご》ばんめの　友《とも》だちに　なってから、半月《はんつき》ほどが　すぎ、せみも　なきだし、夏空《なつぞら》になった。もう一《いっ》しゅうかんもすると、夏休《なつやす》みだった。そのころになると、ブルちゃんは　すっかり　一年生《いちねんせい》の　教室《きょうしつ》に　なじんだ。

ブルちゃんが　やってきた　時《とき》のような　大《おお》さわぎは　なく

なったが、みんなで　せわをして　みんなで　かうという　やくそくは　まもられていた。
もんだいが　もちあがったのは、夏休《なつやす》みになる　五日前《いつかまえ》だった。夏休《なつやす》みになれば、ブルちゃんの　せわをする　ものが　だれも　いなくなってしまうことに　気《き》がついたのだ。
みんなで　話《はな》し合《あ》いをした。しかいは　ながしまくん。ながしまくんの　わきの　水《すい》そうで、ブルちゃんが　きいているようだった。
「せっかく　二十五《にじゅうご》ばんめの　友《とも》だちに　なったんだから、ずうっと　二十五《にじゅうご》ばんめの　友《とも》だちが　いい」

ぎだい
なつやすみちゅう
ブルちゃんの
おせわを
どうするか

まっさきに　かんじろうが　いけんを　いった。さんせいと
いう　声《こえ》や、おれも　同《おな》じという　声《こえ》が　あがった。
ハイ！　と、ちあきちゃんが　手《て》を　あげた。
「ずうっと　友《とも》だちが　いいけれど、ブルちゃんが　生《い》きてい
かれなくちゃ　だめで、夏休《なつやす》み前《まえ》に、しぜんに　かえしてやっ
たらいいと　思《おも》います」
それに　まきちゃんが　意見《いけん》を　つけたした。
「ちあきちゃんの　いうように、ブルちゃんの　たちばになっ
たら、水《すい》そうよりも、外《そと》に　いるほうが　しあわせかも」
教室《きょうしつ》の中《なか》は　ちょっと　ザワザワした。

りりも　しあわせという　ことばが　むねに　とんできて、むねの　まとに　パシッと　つきささった。それから、「ブルちゃんの　たちば」と　いう　ことばも。

りりは、パッと　ブルちゃんに　変身《へんしん》して、ひきがえるのりりに　なってみた。水《すい》そうの中《なか》を、のそりのそりと　歩《ある》くよりは、日《ひ》の光《ひかり》や　月《つき》の光《ひかり》の中《なか》を、のそりのそり　歩《ある》いて、風《かぜ》や雨《あめ》に　あたっているほうが　いいような　気《き》がした。ブルちゃんは　ひきがえるの　友《とも》だちと　あいたいかもしれない。外《そと》のほうが、ブルちゃんは、うんと　光《ひか》りかがやくように　思《おも》えてきた。

「にがすよりも、だれかさ、夏休《なつやす》みの　あいだだけ、かってくれると　いいんじゃねえ」

と、かんじろうが　いった。

みなこ先生《せんせい》は、ひとりひとりの　いけんに、うんうんと　いうように　うなずいている。また　教室《きょうしつ》は、あっちこっちではなし声《ごえ》がして、ザワザワした。

「それじゃ、ブルちゃんを　どうするか、きめます」

と、ながしまくんが　いった。

「外《そと》に　にがすに　さんせいな人《ひと》、手《て》を　あげてください」

すると、ぞろぞろ　手《て》が　あがった。はんたいをしていたかんじろうも、手《て》を　あげていた。りりも　手《て》を　あげた。

「ぼくも　さんせいのほうに　手《て》を　あげます」

と、ながしまくんも　手《て》を　あげた。さんせいが　二十三人《にじゅうさんにん》。

手《て》を　あげなかったのは、たけし　ただひとりだった。

「せっかく　さんせいに　あげたのに、ひとりだけ　はんたいかよ」

かんじろうは　ふまんそうだった。たけしのことを　ふふくそうに　見《み》た　人《ひと》も　おおかった。

「なんで　はんたいなのか、いえよ」

と　いう声《こえ》が　あがった。

「みんな、たけしくんの　いけんを　ききましょう」

と、みなこ先生《せんせい》が　いった。

「わかんないけど、はんたい！　ぜったい　はんたい！」

たけしは、ブッと　顔《かお》を　ふくらませて　前《まえ》を　むいた。

「りゆうは？」

と　先生《せんせい》。

「……」

「ブルちゃんを　つれてきたのは、たけしくんだから、わかれるのが　いやなんじゃない。でも　ブルちゃんは、たけしくんの　ものじゃなくて、一年生《いちねんせい》みんなの　ブルちゃんだから、た

けしくんも　さんせいしたほうが　いいんじゃない？」

と、ちあきちゃんが　いった。

りりも　心《こころ》の中《なか》で、うんうんと　うなずいた。みんなも　うなずいたり、そうだよと　いう　声《こえ》を　あげた。

「やだ！」

きっぱりと、たけしは　いうと、ふとい　まゆ毛《げ》を　ピンとのばし、口《くち》を　かいのように　ぴったりと　とじた。

「エエッ！」

「どうして？」

「なんで？」

と　いう声《こえ》がして、つくえや　いすを　ガタガタさせて、さわがしくなった。
「みんなで　たけしを　せっとくしよう！」
と、かんじろうが　立《た》ち上《あ》がって　いった。
せっとくと　いうことばが、風《かぜ》を　おこしたように　教室《きょうしつ》に　ひろがった。すると、「よし！　せっとくしよう！」と　いう　ふんいきが　うまれた。
ちょうど　チャイムが　なったけれど、話《はな》し合《あ》いは　二十《にじゅう》三対一《さんたいいち》の　ままだった。
それからは、ひとり、ふたりと、たけしの　そばに　いって、

せっとくが　はじまった。

学校《がっこう》には　グラウンドの　はじっこに　松《まつ》の木《き》が　なん本《ぼん》かあり、その下《した》に　ひょうたんがたの　小《ちい》さな　池《いけ》が　あった。ひょうたん池《いけ》には、めだかや　いもりや　ヤゴなども　いる。アメンボも　スイスイ　およいでいる。そこだったら、ブルちゃんは　生《い》きていけるのではないか。ひょうたん池《いけ》に　すみついたら、夏休《なつやす》みが　終《お》わっても　会《あ》えるかもしれない。そうなれば、これからも　ブルちゃんは　二十五《にじゅうご》ばんめの　友《とも》だちだというのが、みんなの　意見《いけん》だった。

いれかわりたちかわり、せっとくが　つづいた。けれど、たけしは、ヤダと　いうばかりだった。
夏休《なつやす》みまで、あと二日《ふつか》に　なってしまった。

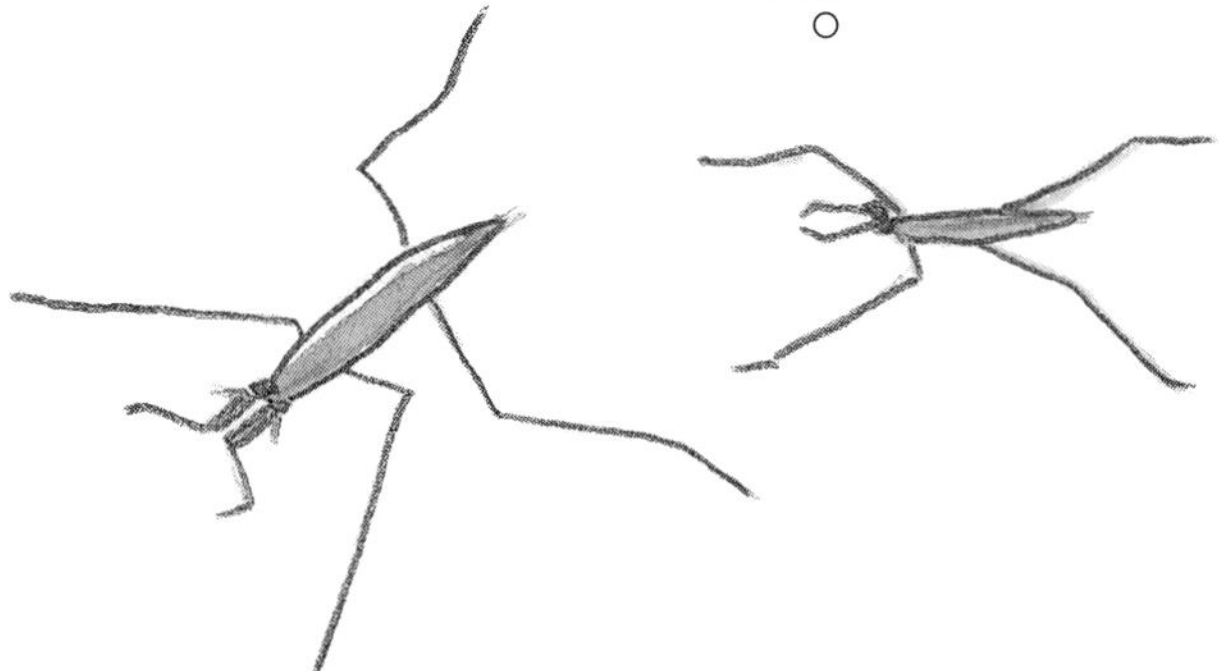

4――ブルちゃんの　しあわせ

ゆうがた、りりは　公園《こうえん》で　たけしを　見《み》た。おとうさんが　さいごに　プレゼントしていったと　いう　赤《あか》い　自転車《じてんしゃ》に　のっていた。ぐんぐん　スピードを　あげ、そして　ブレーキを　かけ、ザザッと　タイヤを　よこすべりさせて　とまるのを　くりかえしていた。

夕《ゆう》やけが　はじまった　空《そら》の下《した》で、なんどもなんども、ザザッと　やっている。おとうさんの　自《じ》転《てん》車《しゃ》と　ひとつになるのを、たしかめているようだった。

すると、ブルちゃんを　外《そと》に　にがさないと　がんばってい
る　たけしのことが、ふいに　うかんできた。ぜったい　ダメ
と　いいはる　たけし。二十三対一《にじゅうさんたいいち》。
「たけしくん……」
と、りりは　よんでみた。
小《ちい》さな　声《こえ》だったから　きこえないと　思《おも》ったけれど、たけ
しは　気《き》がついて、りりの前《まえ》で　ザザッと　自転車《じてんしゃ》を　すべら
せた。
「なに？」
「あのね、どうして　ブルちゃんを　にがしてあげないの？」

「どうしてって、わかんないよ」

「わかんないの？」

「あのさ、前《まえ》にも　ひきがえるを　見《み》つけたんだよ、ぼく。おとうさんと　いっしょに。おとうさん、ひきがえるが　すきなんだって」

「ふーん。おとうさんが　ひきがえるを　すきだから、ブルちゃんを　にがさないの？」

「わかんないよ。そんなこと」

「ブルちゃんは、外《そと》に　でたほうが、しあわせに　なれると思《おも》うよ」

それには　こたえないで、たけしは、また
自転車《じてんしゃ》を　こいだ。ビュンビュン　スピードを　あげ、
ぶらんこの　前《まえ》で、ザザッと　自転車《じてんしゃ》を　すべらせた。

5――またあえるよ

きょうは　一学期《いちがっき》の　終業式《しゅうぎょうしき》だった。

あいかわらず、ブルちゃんは　水《すい》そうの　中《なか》だ。

「どうすんだよ！」

と、一年生《いちねんせい》の　教室《きょうしつ》は、朝《あさ》から　大《おお》もめに　もめていた。

ぜんこう集会《しゅうかい》も　おわって、つうち表《ひょう》も　わたされた。　も

う　かえるだけになってしまった。

　だれかが、

「もう一度《いちど》、ブルちゃんの　しあわせを　かんがえようよ」

と、いった。

　そうだよ、そうだよ、と　声《こえ》がして、そのあと　教室《きょうしつ》は
ちょっとのあいだ　しずかになった。

「池《いけ》で　元気《げんき》に　いれば、また　あえるよ」

と、かんじろうが　いった。

「そうだよ。あえるよ」

と、ちあきちゃんが　いった。

「あえるに　きまっているよ」

まきちゃんも　いった。

「あえるよ」

「あえるよ」

と、みんなは　たけしに　むかっていった。

りりも　たけしを　見《み》た。うつむいている。たけしは　ブルちゃんを　見《み》ると、おとうさんのことが　うかんでくるのかもしれないと、りりは　思《おも》った。だから　ブルちゃんと　はなれたくないのかもしれない。

りりは、たけしを　おうえんしたいような　気《き》もするし、に

がしたほうが　いいような　気《き》もする。どうしたらよいのか
わからなかった。
その時《とき》、いすを　ガタンと　いわせて、たけしが　立《た》ち上《あ》が
った。
「にがすよ。おれ　にがす！　ブルちゃんを　にがすことに
さんせいするよ」
と、きっぱり　いった。
みんなは、ホッとしたり、ワーッと　かんせいを　あげたり
した。
りりも　はくしゅした。はじめて　ブルちゃんを　さわった

時《とき》、ブルブルッとしたけれど、おなじように　せなかが　ブルブルッとした。

たけしが　ブルちゃんの　すいそうを　かかえて　ひょうたん池《いけ》まで　はこんだ。

一年生全員《いちねんせいぜんいん》が　たけしの　まわりに　あつまって、ついてくる。みなこ先生《せんせい》も　いる。

ワイワイ、にぎやかになって、ほかの　学年《がくねん》の　子《こ》たちがびっくりしていた。

ブルちゃんは、ひょうたん池《いけ》を　かこんである　ひらたい石《いし》の上《うえ》に、そっと　おかれた。おかれて　しばらくは、いつも

のように　ふきげんそうな　顔《かお》のまま　うごかなかった。そして、ブルちゃんは　のったりと　一歩《いっぽ》　足《あし》を　うごかした。

「ブルちゃん、バイバイ」

「元気《げんき》でね」

「夏休《なつやす》みが　終《お》わっても、いてね」

「ひょうたん池《いけ》を　おうちにしてね」

口《くち》ぐちに　わかれを　いいあった。

たけしも、

「バイバイ」

と　いって　手《て》を　ふった。

作・**最上一平**（もがみいっぺい）
一九五七年山形県生まれ。『銀のうさぎ』（新日本出版社）で日本児童文学者協会新人賞、『ぬくい山のきつね』（新日本出版社）で日本児童文学者協会賞、新美南吉児童文学賞、『じぶんの木』（岩崎書店）でひろすけ童話賞受賞。作品に『りりちゃんのふしぎな虫めがね』『千年もみじ』（新日本出版社）など多数。

絵・**青山友美**（あおやまともみ）
一九七四年兵庫県生まれ。大阪デザイナー専門学校編集デザイン科絵本コース卒業。その後、四日市メリーゴーランド主催の絵本塾で学ぶ。主な絵本に『あくしゅかい』（ＢＬ出版）、『チョコたろう』（童心社）、『キナコ』（ＰＨＰ研究所）、さし絵の仕事に『りりちゃんのふしぎな虫めがね』（新日本出版社）など多数。

913　最上一平・青山友美
ブルちゃんは二十五ばんめの友だち
新日本出版社
63 P　22cm

ブルちゃんは二十五《にじゅうご》ばんめの友《とも》だち

2017年9月15日　初　版

作　者　最上一平　　画　家　青山友美
発行者　田所　稔
発行所　株式会社　新日本出版社
〒151-0051　東京都渋谷区千駄ヶ谷4-25-6
TEL　営業03(3243)8402　編集03(3423)9323
info@shinnihon-net.co.jp　www.shinnihon-net.co.jp
振　替00130-0-13681
印　刷　光陽メディア　　製　本　小高製本

ISBN978-4-406-06164-3　C8393　Printed in Japan